LA LUZ
ENCENDIDA

Richard Marnier

Aude Maurel

Traducción de Pau Joan Hernàndez

Editorial EJ Juventud

Provença, 101 – 08029 Barcelona

Aquí tenéis mi ciudad,
una ciudad sin sorpresas ni complicaciones.

En mi barrio,
cada casa tiene una puerta,
dos ventanas y un tejado rojo y bien regular.

Cada puerta tiene un tirador y una cerradura bien engrasada.
Cada ventana tiene dos postigos grises bien gruesos.

Cada noche, los postigos quedan debidamente cerrados.

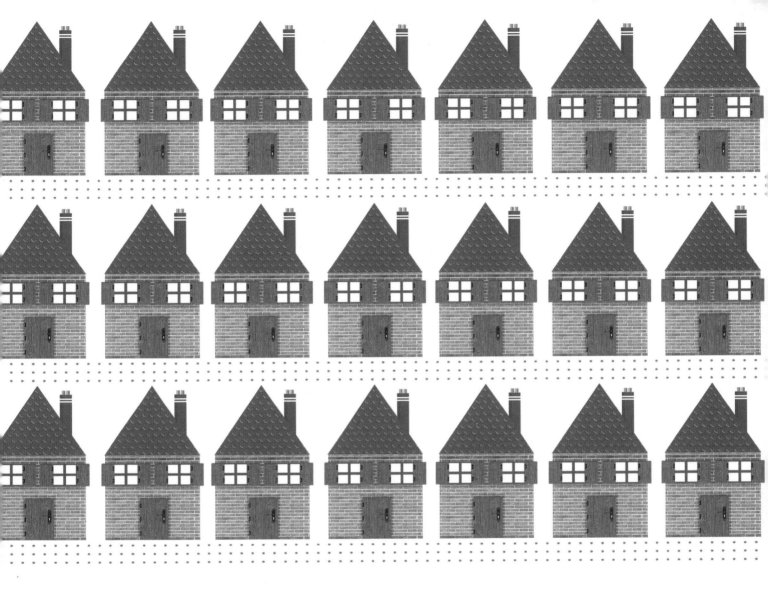

Y por la mañana, se abren todos al mismo tiempo, tal como debe ser.

Pero una noche... ¡alguien dejó la luz encendida!

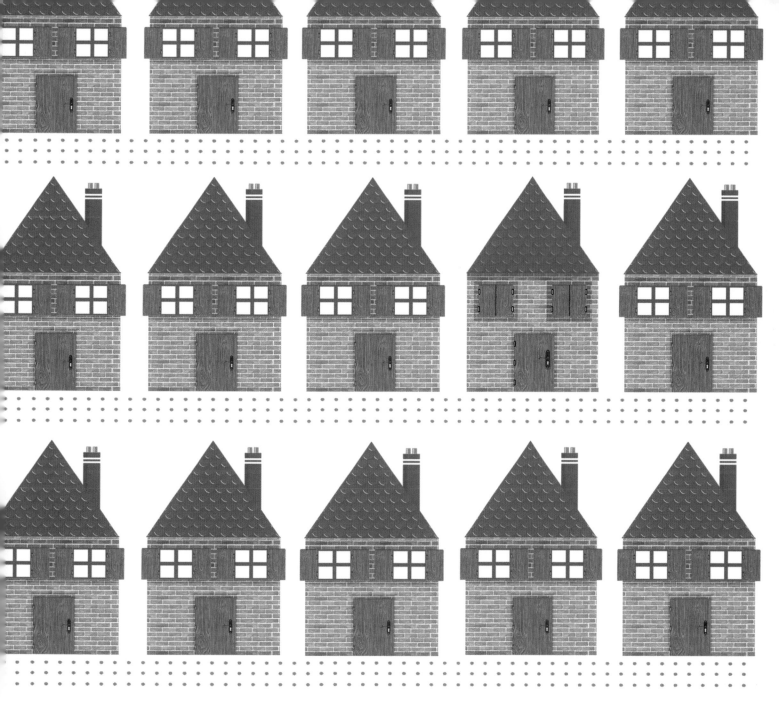

Y por la mañana... ¡qué conmoción!
¡Tenía los postigos cerrados!

Desde entonces, ese comportamiento escandaloso se repitió noche y día...
Los vecinos del barrio cotilleaban:
-Pero ¿qué se ha creído ese?
-¡Es lo nunca visto!

Afortunadamente, un buen día, la puerta se abrió y el intruso se marchó.

Qué alivio, pero también... ¡qué vergüenza!
La casa, abandonada, se deterioraba a ojos vistas.
El tejado tenía goteras, las paredes se agrietaban
y los postigos colgaban...

Al final, hubo que derribarla.

Un día, el vecino regresó y ya no encontró nada.
Solo un gran vacío que había que llenar.

Entonces, con todo lo que había traído de sus viajes,
construyó su nuevo hogar.

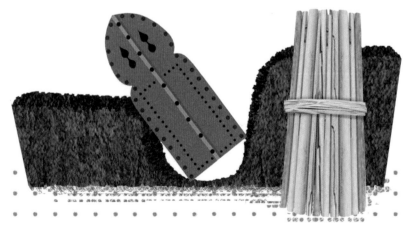

Era una casa extravagante, que llamaba la atención en el barrio.

Los vecinos estaban escandalizados:
–¡Qué horror! ¿Habéis visto qué colores?

Pero, al día siguiente, un vecino decidió
que unos postigos azules también quedarían bonitos.

Otro pensó que el rojo, después de todo, tampoco estaba tan mal.

Mientras que un tercero construyó un torreón y una torrecilla esquinera de lo más aparentes.

Un poco más allá, añadieron dos pisos,
una cuadra y paredes de bambú.

En otra casa, instalaron un váter al aire libre
y una galería en el tejado.

Algo más lejos, una casa se cubrió de ramitas,
mientras su vecina convirtió las paredes
en brillantes ventanas.

En esta ciudad tan imaginativa,
ya nada es perfecto.

Y cada vecino,
cuando deja volar la imaginación,
está recordando y dando las gracias a su manera
a aquel que se dejó la luz encendida.

Todos se maravillan con los chalés de hormigón,
las construcciones de madera,
los edificios de mármol,
los castillos de encaje,
las mansiones-zapato y las casas-hierba.

Cada día
florecen mil ideas,
se levantan mil historias,
se construyen mil proyectos.

Poco a poco, en el barrio fueron apareciendo
paredes de planchas de acero oxidado, techos redondos,
puentes levadizos y escaleras de caracol.

Se construyeron casas de una sola planta
y otras que se elevaban hacia el cielo,
casas estrafalarias y otras más sobrias.

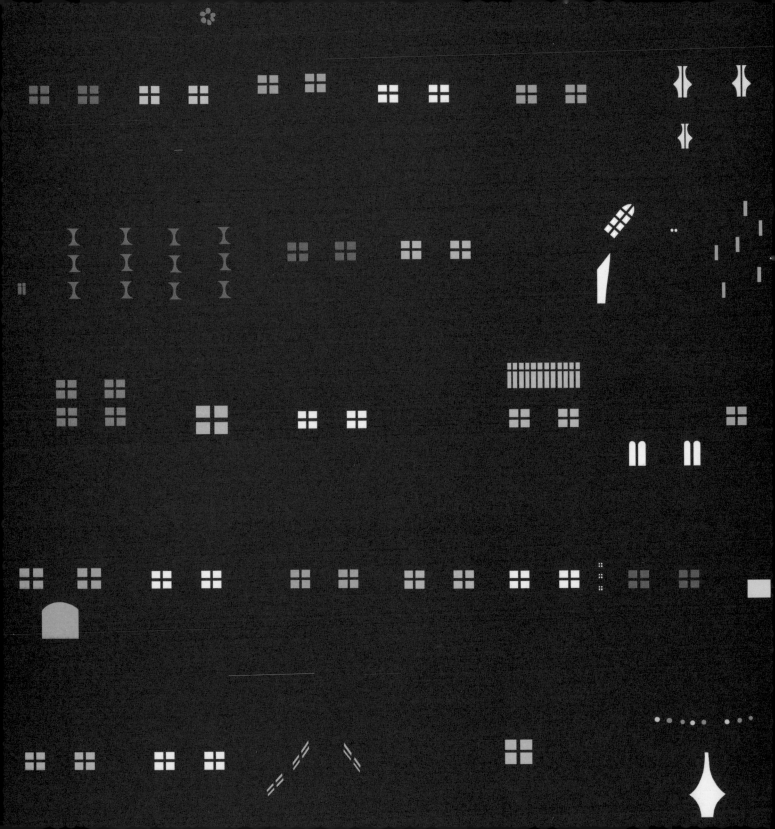

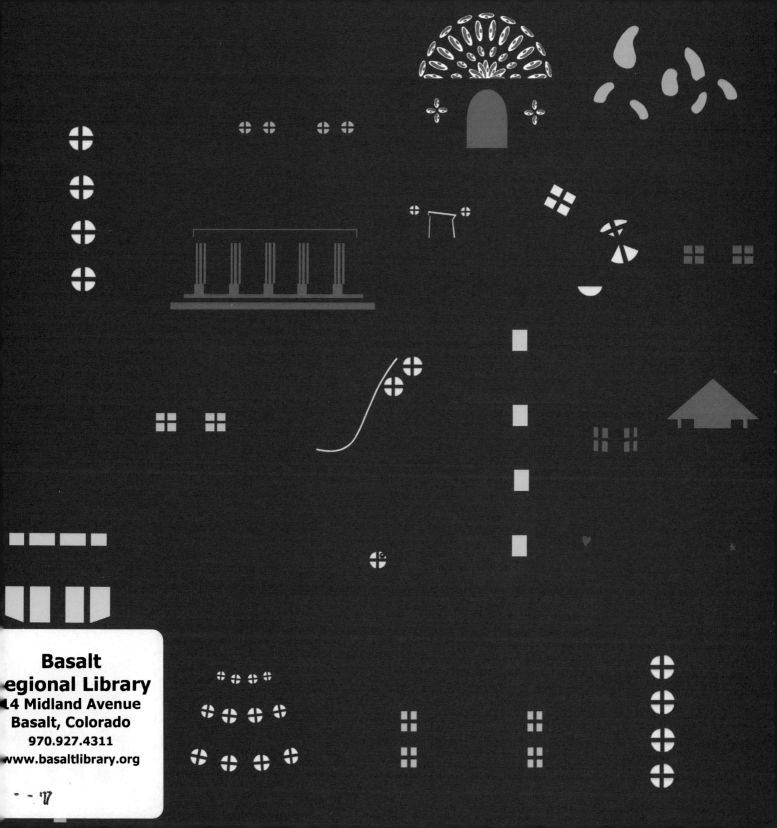

Título original: *La lumière allumée*
Texto: Richard Marnier
Ilustraciones: Aude Maurel
© éditions Frimousse, 2015
Todos los derechos reservados

© de la traducción española:
EDITORIAL JUVENTUD, S.A., 2016
Provença, 101 – 08029 Barcelona
info@editorialjuventud.es
www.editorialjuventud.es
Traducción: Pau Joan Hernàndez
Primera edición, 2016
ISBN: 978–84–261–4391–4
DL B. 19.423–2016
Núm. de edición de E. J.: 13.310
Printed in Spain
Impuls 45, Avda. Sant Julià 104–112, Granollers (Barcelona)